# FLEURS DE LYS

PAR

## Mme Marie CAVAILHÉ

Dieu, France et le Roi.

—•o⟩o⟨o•—

NARBONNE

IMPRIMERIE D'EMMANUEL CAILLARD.

—

1874

# FLEURS DE LYS

# FLEURS DE LYS

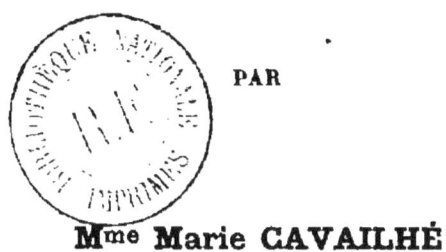

PAR

## Mme Marie CAVAILHÉ

Dieu, France et le Roi.

—◦○◖◗○◦—

NARBONNE

IMPRIMERIE D'EMMANUEL CAILLARD.

—

1874

# A Monseigneur le comte de Chambord.

MONSEIGNEUR ,

Pardonnez-moi de déposer à vos pieds, en toute simplicité, ces humbles et modestes Fleurs de Lys. Qu'elles soient pour vous un souvenir de la Patrie absente; la note touchante et vraie d'un cœur qui n'a qu'un seul cri : DIEU, FRANCE et le ROI.

MARIE CAVAILHÉ.

## A Madame la Comtesse de Chambord.

Vous si grande et si noble et que mon cœur admire ,
Vous dont le nom , Madame, est signe de bonheur,
Si j'obtenais de vous que vous daigniez me lire,
    Combien joyeux serait mon cœur.

Oh ! pardonnez ce vœu d'une lyre indiscrète,
Vous êtes douce et bonne et Votre Majesté,
D'une telle demande absoudra le poète,
    Je l'attends de votre bonté.

Ce que cherche toujours l'œil d'une Souveraine
N'est-ce pas le respect dans sa simplicité !
Non, vous n'ignorez pas qu'une invisible chaîne
    Relie et peuple et royauté.

J'ai la rusticité des fleurs de la campagne,
Le langage de cour est un secret pour moi,
Soyez donc indulgente, ô pieuse compagne
    De mon Prince aimé, de mon Roi.

Dites-vous, me lisant : qu'une petite plante,
Modeste et recueillie, attire le regard
Du soleil, tout autant qu'une rose odorante,
    Pleine de parfum et de fard ;

Et que le cœur qui s'ouvre, ainsi qu'une corolle,
Doit mériter un peu de céleste bonté.
Quel serait mon bonheur si mon humble parole
    Plaisait à Votre Majesté.

Daignez, daignez jeter sur ce modeste ouvrage,
( Le poète , Madame, en bénira le Ciel ),
Un de ces longs regards qui vous disent : Courage
Et qui sont pour le cœur un long ruisseau de miel.

## CE QUE JE SUIS.

La modeste bourgeoise à la rude franchise,
    J'ai pour blason l'honnêteté.
Sur mon âme jamais la crainte n'a de prise,
    Car j'ai le cœur plein d'équité.
Je suis libre et je chante et je regarde en face
    Tous les méchants, tous les partis.
Je marche droit toujours, défiant toute audace,
    Avec l'amour de mon pays.
Je suis lasse de voir le vrai peuple, mon frère,
    Trembler devant l'homme gredin ;
D'ouïr, bruit infernal, l'ignoble cri de guerre
    Du mal, du faux, contre le bien.
Je suis lasse de voir, tes lèvres, Injustice,
    Cracher sur l'image du beau,
Et d'entendre ta voix, ta voix diffamatrice,
    Injurier mon blanc drapeau.
Pour combattre, je veux désormais prendre place
    Parmi les soldats de mon Roi.
Pour me mettre à couvert des traits, j'ai pour cuirasse
    Le dévouement, l'amour, la foi.
Cela me tiendra lieu de ton rayon, génie,
    Car le savoir qui vient du cœur
Vaut bien les mots bercés par ta main, harmonie,
    Au doux son d'un luth créateur.
Je ne suis pas la muse éclatante et sonore,
    La Péri des songes dorés,

L'abeille butinant les beaux jardins de Flore,
    La Sibylle aux bandeaux sacrés.
Je n'ai point ailes d'or pour voiler mes épaules,
    Je ne nage pas dans l'Éther,
Mon vers n'a pas le doux bruissement des saules,
    Ni le rayon vif de l'éclair.
Je n'ai jamais pâli sur des livres de classe,
    Enfant, je n'eus qu'un livre ouvert,
La nature, ce livre où tout laisse une trace,
    Une empreinte, un divin concert.
N'ayant point de talent, je chante à l'aventure,
    Avec mon âme, avec mon cœur,
Et si mon vers parfois fait la sotte figure,
    Vous pouvez rire du rimeur.
Je le permets, riez, mais laissez ma parole
    Effleurer doucement vos cœurs,
Comme dans un jardin le papillon qui vole,
    Effleure la reine des fleurs.
Je marche sans voiler ma couleur, mon visage,
    Disant à tous : voilà ma main,
Le peuple, je le sens, comprendra mon langage,
    Il me lira, c'est bien certain.
Il est rude, le peuple, eh bien ! j'ai la rudesse,
    Mais la rudesse de bon ton,
Qui n'est jamais braillarde et qui jamais ne blesse
    Avec les nœuds de son bâton.
Je suis de cœur et d'âme une bonne française,
    J'ai l'amour de Dieu, j'ai la foi,
Et que cela, Messieurs, ou vous choque ou vous plaise,
    Je suis le champion du Roi.

## A une personne qui me demandait quelques vers sur l'Empire. 186...

Pour un noble exilé mon luth humble et fidèle
    Garde son doux accord,
Je ne suis pas l'oiseau qui rase de son aile
    Et l'Empire et Chambord.

Chambord, à lui mes chants, mon transport, mon
    Tous les vœux de mon cœur,     [délire,
Je suis son troubadour, que m'importe l'Empire?
    Mon âme est une fleur

Qui pour un seul s'entr'ouvre et qui jamais ne donne
    Ses parfums à plusieurs,
Mon emblème est un lierre : au pied d'une colonne
    Je l'enlace et j'y meurs.

Vous faites à mes yeux scintiller l'auréole
    De la célébrité,
Croyez-vous que je sois apte à jouer le rôle
    De l'infidélité !

Je n'aime que Bourbon, le seul vrai Roi de France
      Dont l'antique blason
Est mon étoile d'or, doux phare d'espérance
      Éclairant l'horizon.

Oui, je serai toujours sa servante et vassale,
      Un jour Henri, mon Roi,
Saura par un seul mot de sa bouche royale
      Récompenser ma foi.

O fils de saint Louis, égide de la France,
      A vous mon luth, mon cœur,
Vous seul serez toujours, toujours, malgré l'absence,
      Notre Roi, Monseigneur.

## Pendant la guerre de Crimée.

———

Mon royalisme est pur, France contemporaine,
Je m'incline devant tes gloires, ta grandeur,
Tu seras en tous lieux le soldat de l'honneur
    Et des peuples la souveraine.
Oui, toujours devant toi mon front s'inclinera,
Mais le lys blanc, de pleurs mon œil le mouillera.

Ton drapeau d'aujourd'hui conduit à la victoire
Je le sais et pourtant je rêve d'autrefois,
Je ne puis de mon cœur effacer ton histoire
Et Turenne et Bayard, Jeanne d'Arc et nos rois.

Hélas ! pardonne-moi, France, d'être fidèle
A ton heureux passé plein de vaillants exploits,
Et de mêler mes chants et de mêler ma voix
    A ta vieille gloire immortelle.

Oui, toujours devant toi mon front s'inclinera,
Mais le lys blanc, de pleurs mon œil le mouillera.

Lorsqu'un chant de victoire arrive en ma retraite,
Je bats des mains, mon cœur vole vers tes soldats,
Mais je songe aussitôt, impartial poète,
Aux vieux preux de nos vieux combats.

Pourquoi les oublier, ils sont morts pour défendre
Le sol que nous foulons, fils du grand peuple Franc,
Oui, pourquoi l'insulter le noble drapeau blanc ?
     Pourquoi sur lui jeter la cendre ?

Oui, toujours devant toi mon front s'inclinera,
Mais le lys blanc, de pleurs mon œil le mouillera.


Quoi ! datons-nous de hier ! de hier ! va jeune France
Les plis de ton passé n'ont pas du déshonneur ;
Tu peux dans ton présent mettant toute espérance
L'égaler, mais jamais dépasser sa valeur.

Écrivons dans nos cœurs, écrivons dans notre âme
Les exploits des vieux preux, Charlemagne, Clovis,
Sous les pleurs de nos yeux refleurissez, beaux lys,
     Revenez-nous, blanche oriflamme.

Oui, toujours devant toi mon front s'inclinera,
Mais le lys blanc, de pleurs mon œil le mouillera.

## Pendant la guerre d'Italie.

Nous faisons l'Italie, hélas! grande et puissante,
    Français, malheur à nous!
Un jour nous la verrons se dresser menaçante
    Et mordre nos genoux.
Insensée et menteuse est notre politique,
    En voyant le chemin,
Que nous suivons hélas! tout cœur patriotique,
    Rêve un noir lendemain.
France, ma belle France, ô ma mère adorée,
    Voile ton front de deuil,
Je vois des aigles noirs venir à la curée
    Et dompter ton orgueil!
Je te vois prosternée et demandant ta grâce,
    Toi, le pays des Francs,
Je te vois essuyant avec tes pleurs, la trace
    De tes genoux sanglants!
Je vois des échafauds se dresser pour des braves,
    L'échafaud, noir essieu,
Et le peuple en fureur déchirant ses entraves,
    Se ruer contre Dieu.
Je vois le drapeau blanc venger le tricolore,
    Souillé par des vainqueurs,
Après tant de fléaux l'horizon se colore
    De célestes lueurs!

## A la cession de l'Alsace et Lorraine.

Quand le grand Bonaparte, inutile bourreau,
Eut de son pied d'airain foudroyé mille trônes
Pour faire à tous les siens des cadeaux, des aumônes;
Quand il eut mis enfin son épée au fourreau,

Tout fut-il dit pour nous ? Hélas ! dans le silence,
Tandis que nous, Français, nous usions nos jours,
A bâtir des palais, composer des discours,
Un peuple patiemment préparait sa vengeance.

Sa vengeance ! il la tient, des deux Napoléons,
Le premier fit éclore et rêver cette guerre,
Le second a lui-même, en la puissante serre
Du Nord, livré hélas ! la France des Bourbons.
. . . . . . . . . . . . . . . . . . . . . . . .

Et maintenant, Français, sans plainte ni bravade,
Comme eux, pour nous venger, marchons vers l'avenir,
Narguer le Prussien, vaine fanfaronnade,
Mais quand l'heure viendra, sachons nous souvenir.
. . . . . . . . . . . . . . . . . . . . . . . .

Sachons nous souvenir de nos villes fumantes,
De nos champs dévastés, de nos fils expirants,
De l'ignoble soufflet, las ! que leurs mains sanglantes
Ont laissé sur la joue du vieux pays des Francs !...

## A LA MÉMOIRE DE BERRYER.

O sublime Berryer, illustre défenseur
Du droit, de la vertu, si ta grande figure
Illuminait encore et les yeux et le cœur,
Si ton souffle puissant, ton souffle créateur,
N'était pas de la mort l'esclave et la pâture,

Si tu ne dormais pas au fond de ton cercueil,
Toi le fier champion de l'honneur de la France,
Guidés par ta parole en ces longs jours de deuil,
Nous aurions, loin des vents, bien loin du sombre écueil,
Vu s'ouvrir devant nous un coin ombreux, une anse...

Où le vaisseau qui porte, hélas ! notre destin,
A l'abri du péril, aurait, pliant sa voile,
Vu le soleil dorer les cimes du lointain,
Dans son cordage ailé jouer comme un lutin
La brise, plus légère et douce qu'une étoile.

Tu serais de nous tous le maître souverain.　　[mes,]
Quand la France sombrait, faute, hélas ! de grands hom-
Au lieu de Thiers, Berryer, c'est ta loyale main
Que nous aurions saisi pour appui pour soutien,
Et nous n'en serions pas encor où nous en sommes.

Le torrent qui grossit, terrible, furieux,
Tu l'aurais sous tes pieds enchaîné ; le rivage
Ne serait pas perdu dans la brume des cieux,
L'étoile du salut brillerait à nos yeux,
Oui, l'étoile qui doit nous sauver du naufrage.

Quand ce cri retentit : le grand Berryer n'est plus !
Un sombre voile, hélas ! s'étendit sur la France ;
Ses plus nobles enfants vers le mort accourus
Pleuraient ; l'âme priait, et tous les cœurs émus
Brûlaient l'encens devant cette grande existence.

A nos yeux cependant, si l'avenir, Seigneur,
Eût de notre pays dévoilé l'hécatombe,
Si nous eussions prévu que devant un vainqueur
Auraient plié nos fronts, nous aurions, ô douleur !
Versé des pleurs de sang sur cette illustre tombe.

Las ! songeant que Berryer, dans ces jours de malheur,
Manquerait au pays, quelle désespérance !
Oui, la tristesse aurait foudroyé notre cœur,
Et, pleurant sur ta mort, ô sublime orateur,
　　　Nous aurions pleuré sur la France.

# Il ne s'est pas battu, dites-vous...

S'il n'a pas combattu, ce n'est pas le courage,
    Français, qui manquait à Chambord,
Car il méprise autant les horreurs du carnage
    Que les coups terribles du sort ;
Mais il ne pouvait pas sans lever sa bannière
    Se mêler au bruit des combats.
Hélas ! devait-il mettre au milieu d'une guerre
    Le désordre aux rangs des soldats ?
Non ! il s'est abstenu. Bien loin de nous, dans l'ombre
    Il est resté, toujours loyal,
Tandis qu'il aurait pu, moins probe, sans encombre,
    Ressaisir son sceptre royal.
Nous nous serions levés par milliers de centaines,
    Bourbon, pour voler près de toi,
Et nous aurions donné tout le sang de nos veines
    Afin de te couronner roi ;
Mais tu n'as pas voulu, prince, plein de clémence,
    D'un trône teint de notre sang.
Ton rêve fut toujours le bonheur de la France
    Et nulle tâche au drapeau blanc.
Et cette probité, cette vertu sublime,
    De la main vous la souffletez...
Tout noble cœur toujours sera votre victime !
    Diffamateurs, vous méritez
Le coup de pied brutal du César qui vous dompte,
    Laissant empreint sur votre front,
Avec le masque noir dont se pare la honte,
    Les clous dorés de ses talons.

## AU RÉDACTEUR DU JOURNAL *LE SIÈCLE*.

———

> « L'armée française craint ou mé-
> prise le drapeau blanc tout autant
> que les paysans le redoutent. »
> (Le journal *le Siècle*.)

Je ne suis qu'une femme et j'entre dans la lice,
    Ma main relève votre gant.
Es-tu bien d'un Français, phrase diffamatrice,
    Où voiles-tu Bismark, l'insulteur arrogant ?

Je ne viens point ayant à ma lèvre l'insulte,
    Je ne sais qu'aimer, non haïr ;
Mais vous criez mépris au drapeau blanc, mon culte,
Par saint Denis, cela, je ne le puis souffrir.

La France allait sombrer quand Jeanne la Pucelle
    Leva son étendard sacré ;
C'était le drapeau blanc. Voyez, il est par elle,
Du vieux sang des Anglais encore tout mordoré.

Son pli victorieux ombragea la vaillance
<br>    Des Catinat et des Villars,
<br>De ces mille héros, orgueil de notre France,
<br>Et Saxe et Luxembourg et Turenne et Bayard.

Avez-vous oublié cette immortelle histoire,
<br>    La légende du drapeau blanc
<br>Burinant dans les cœurs les hauts faits de sa gloire
<br>Sur les champs de Denain, Fontenoy, Marignan.

Libre à vous de ne pas aimer notre oriflamme :
<br>    Mais l'insulter tout haut, tout bas,
<br>C'est fouler de son pied, dans une rage infâme,
<br>Tout le vieux sang français versé dans les combats ;

C'est renier l'honneur de notre vieille France,
<br>    Ses chevaleresques exploits,
<br>De son doigt, c'est vouloir effacer la vaillance
<br>Des François, des Henri, des Charles, ces grands rois ;

C'est être dans les rangs des briseurs de colonne ;
<br>    C'est faire un temple de l'égout ;
<br>C'est jeter son flot noir à tout ce qui rayonne,
<br>C'est frapper de sa main la vérité debout ;

C'est monter sur le char à côté de Voltaire,
<br>    Cet insulteur de son pays,
<br>Qui niait la grandeur brillante de son ère ;
<br>C'est, comme lui, vouloir l'insulter à tout prix.

# AU COMTE DE PARIS,

## LE LENDEMAIN DE SA VISITE A FROHSDORFF.

Un jour (j'avais vingt ans), sous le beau ciel d'Afrique,
A cette heure du soir où le soleil oblique
S'endort dans le lit vert des orangers en fleur,
Près des portes d'Alger, cette sœur de la France,
Je rêvais : à mes pieds, fière, profonde, immense,
      La mer jetait son flot grondeur.

La ville du croissant, dans les vapeurs mourantes
Du jour qui repliait ses ailes caressantes,
Semblait un blanc essaim de colombes dormant,
Le Muezzin, du haut de son temple de pierre,
Mêlait au vent du soir la fervente prière
      Du pieux musulman.

La Mauresque voilée et dont l'œil noir scintille
Comme un astre tombé du firmament qui brille,
Passait. La blanche Juive étalait ses atours ;
L'Espagnole tressait ses longs cheveux d'ébène ;

Les palmiers du Sahel, les cactus de la plaine
    Mêlaient leur ombre, leur velours.

Sur le rebord luisant des roches dentelées,
Ayant pour palais d'or les sphères étoilées,
Un nègre demi-nu, cherchant pour s'endormir
Un coin bien dur et froid, sa place accoutumée;
Le zéphyr, qui jouait dans la verte ramée,
    En l'effleurant semblait gémir.

Un beau trois-mats voguait vers les rives de France,
Sa blanche voile au loin semblable à l'aile immense
D'un grand oiseau planant entre l'onde et les cieux ;
Un brick se balançait sur sa noire carène,
Comme un cygne endormi ; sur la mouvante plaine
    Glissaient mille refrains joyeux.

Le soleil sur les eaux inclinait son image ;
La vague, caressant et sable et coquillage,
Roulait dans son azur mille paillettes d'or ;
Tout joyeux, un pêcheur, d'une main attentive,
Ramenait lentement son filet sur la rive
    De beaux poissons pleins jusqu'au bord.

Ni le soleil baignant dans la vague azurée
Ses cheveux déroulés, ni la conque nacrée,
Ni le pêcheur heureux de sa prise du soir
Ne purent dissiper ma longue rêverie.
Une pensée en moi, sur tes bords, Algérie,
    Germait, ô radieux espoir !

Oui, sur ce sol, jadis foulé par votre père,
Une grande pensée, une grande lumière
Rayonna devant moi, plus brillante soudain
Que le premier rayon de l'aube matinale ;
C'était de rattacher votre branche royale
      Au tronc de l'arbre souverain.

Je me disais : Là-bas, notre France chancelle ;
L'Empire a fait son temps. L'avenir se révèle
Terrible à mes regards, par les sourds grondements
Qui sortent, voix d'enfer, du bas-fond des entrailles
De la France ; le peuple, en ses fortes tenailles,
      Peut te broyer, pays des Francs.

Où prendrons-nous un jour la digue, le barrage,
Pour arrêter, hélas ! le vol et le carnage,
Ces deux leviers puissants dans ta main faction,
Pour étouffer en toi ton instinct sanguinaire,
Pour mettre, en te dompant, un fort baillon de pierre
      Dans ta rouge gueule, ô lion !

Pour t'asservir... Oh ! non, oh ! non, peuple de France,
Je t'aime et te veux grand ; mais la toute-puissance
Dans ta main, c'est la faux qui tranche la moisson
Sans attendre l'épi que promet l'herbe verte ;
C'est avoir sous les pieds toujours la fosse ouverte,
      Les pistolets à son arçon.

C'est trembler chaque jour, chaque instant pour sa vie ;
C'est avoir devant soi, terrible, inassouvie,
La hyène dont le maître a brisé le barreau ;
C'est dormir sur des fleurs qui cachent un reptile ;

C'est mettre dans les mains de l'enfance débile
　　La lame d'un brillant couteau.


C'est alors que mon œil vit briller l'alliance
Des fils de saint Louis. La sainte confiance
En ce pacte sacré prit racine en mon cœur ;
Le présent s'éclaircit, l'avenir fut moins sombre,
Et le passé, sortant du fond de sa pénombre,
　　Illumina mon œil rêveur.


Ce n'est plus maintenant le mirage d'un rêve,
Le désir caressé sans repos et sans trêve,
Le penser sommeillant sous le front du veilleur.
C'est la réalité, réalité sublime,
Qui jette une arche sainte au-dessus de l'abîme
　　Pour en franchir la profondeur.


Le pacte est cimenté dans l'âme magnanime
De notre Roi, pour vous, rien que l'amour intime
Qu'un père sur son fils déverse saintement.
N'est-ce pas que, devant sa majesté royale,
Vous avez éprouvé dans votre âme loyale
　　Un ineffable sentiment ?


Le sentiment profond qui nous meut, nous enflamme,
Qui, pour le Roi, d'amour emplit toute notre âme,
Qui de chacun de nous fait un rude lutteur,
Qui, malgré nos revers, nous rend forts, invincibles,
Debout sur le principe et toujours inflexibles
　　Sur le devoir et sur l'honneur,

Après lui, maintenant, vous êtes l'espérance,
L'avenir radieux de notre belle France
Nous nous rappellerons qu'avant d'être Orléans
Vous eûtes nom Bourbon. Oui, douce souvenance.
D'Henri le Béarnais, aïeul plein de vaillance,
      N'êtes-vous pas les descendants ?

Soyez, soyez béni, vous qui savez comprendre
Les grands besoins du jour, dont la main sait répandre
La lumière au regard et l'espérance au cœur.
Vous qu'un noble exilé sur la terre étrangère
Nomme de ces doux noms de fils, d'ami, de frère,
      Se confiant à votre honneur !

Un jour, en feuilletant tes annales, ô France !
Nos fils liront ces mots : Une forte alliance
Sauva notre pays du joug des pétroleurs.
Henri V se montra digne en tout de sa race,
Son brillant successeur n'eut qu'à suivre sa trace
      Pour vaincre et gagner tous les cœurs.

La France, s'appuyant sur la force du trône,
En rendant à ses rois leur sceptre, leur couronne,
Reprend avec sa foi son antique splendeur.
Prince, votre visite à Frohsdorff pour la France,
Éclairant l'horizon de sa lueur immense,
Du bonheur, du repos, c'est l'astre précurseur.

## AU PRINCE HENRI DE VALORY,

Après avoir lu sa brochure : *La parole est à la France.*

---

J'étais semblable hélas ! au pâle matelot,
L'horizon était noir et noir était le flot,
La mer avec un bruit de fanfare éclatante,
Au ciel grondant jetait sa salive écumante,
Puis s'entr'ouvrait livrant aux yeux épouvantés,
Les secrets ténébreux de ses flots agités,
Précipice où la mort ce guetteur de l'abîme,
Attire avec ses dents sa tremblante victime,
Étouffe les cris sourds de ses gémissements,
Et ne rend à l'écho qu'un bruit de flots grondants.
Oui la nuit était noire et la tourmente horrible,
Oui, le présent hélas ! formidable, terrible,
Sillonnait le lointain de livides lueurs,
Épouvantant la France, épouvantant les cœurs,
Quand soudain, sous le doigt du Dieu de la tempête,
Le silence se fit, sous mes pieds, sur ma tête,
L'horizon où régnait la morne obscurité,
S'éclairait doucement et sur le fond bleuté,
Se mirant dans les flots une aurore naissante,
Balançait dans l'azur son aile caressante,

Sous les rayons dorés de sa vague lueur,
L'oiseau chantait, la brise odorante à la fleur,
Comme le flot qui dort oubliant la rafale,
Disait à petit bruit sa chanson matinale.

. . . . . . . . . . . . . . . . . . . . . .

La tempête était hier et l'aurore aujourd'hui,
Comme vous j'aperçois à l'horizon celui
Qui vient rempli d'amour, de joyeuse espérance,
Rendre gloire et bonheur à notre pauvre France,
Le passé, le présent fondus dans l'avenir,
Voilà l'ère marchant aux siècles à venir,
S'appuyant du progrès, mais formant son cortége,
Des saintes libertés ayant le droit pour siége,
Libertés qui toujours rendez l'homme meilleur,
Qui lui montrez du doigt le devoir et l'honneur,
L'amour de la patrie et son bien et sa gloire,
Et qui savez guider tout pas vers la victoire,
Libertés dans le vrai, libertés dans le bien,
Vous aurez dans Chambord dévouement et soutien.
Les siècles en créant l'ordre et la liberté,
S'ils ont mis sur son front la souveraineté,
Ont ouvert à ses yeux les horizons sublimes,
Baignant dans le progrès leurs verdoyantes cîmes,
Le passé que des pieds foulent avec dédain,
C'est l'espoir d'aujourd'hui, c'est l'espoir de demain,
C'est Jeanne d'Arc courant défendre la frontière,
Et faisant jusqu'aux mers reculer l'Angleterre,
C'est le drapeau vainqueur des champs de Marignan,
Celui qui doit, français, nous venger de Sedan.
Le présent, le passé, c'est la sainte alliance,

Du peuple avec son Roi, c'est amour, confiance,
Liant dorénavant et peuple et royauté ;
C'est ton pacte sacré , respect et liberté.
Si nous voulons revoir la France agonisante,
Grande comme autrefois, comme autrefois puissante,
Il faut prendre au passé le bien qui vient de lui
Et faire du présent sa force, son appui,
De ces deux éléments, il faut faire une France
Digne quand sonnera l'heure de délivrance,
( L'Alsace et la Lorraine attendent ce réveil ),
D'éblouir tous les yeux comme fait le soleil,
D'être pour tous, hélas ! perdus dans la nuit sombre,
L'aube des jours meilleurs, qui disperse tout ombre.

. . . . . . . . . . . . . . . . . . . . . .

Éternel , dont la main dirige l'univers,
Toi qui vis notre gloire et qui vois nos revers,
Étends, étends sur nous la main de ta clémence.
L'homme n'est rien sans toi, sans toi tout est démence,
Songe creux, flots des mers battus par d'autres flots,
Sans toi, le présent fuit semant ses noirs complots,
Du pôle à l'équateur comme un oiseau qui passe,
Sème son blanc duvet dans les champs de l'espace,
Dieu prends nous en pitié, que ta main sur nos fronts,
Verse la paix, l'amour. Dieu fais de nos affronts,
Le baptème sanglant qui doit laver ce crime,
L'oubli de ton saint nom, sur ta pâle victime,
La France qui gémit fais descendre Seigneur,
D'un espoir radieux la sereine lueur ;
Tends-lui, tends-lui la main pour qu'elle se relève
De sa honte (ô l'affreux , ô le terrible rêve !

Toujours, toujours présent, partout, la nuit, le jour,)
Pardonne-lui, Seigneur, au nom de cet amour
Qui mit sur une croix le Rédempteur du monde.
Le sang divin sur nous coule ; son flot inonde
Et la terre et les cœurs. Tout murmure pardon :
Depuis l'herbe qui croît et meurt dans le sillon
Jusqu'au sanglot humain qui sort de la poitrine.
Éternel, devant toi tout supplie et s'incline.
L'onde prie en creusant ses abîmes sans fonds,
Et le roc, écoutant ses hurlements profonds,
Prie, et le chêne altier, qui sur les monts balance
Son front humilié, reconnaît ta puissance ;
Son murmure est une hymne à ta gloire, Seigneur,
Tout te prie et t'invoque. homme, zéphyr et fleur ;
Pardonne, Dieu puissant : il est si doux d'absoudre,
De devenir rayon, lorsque l'on fuit la foudre,
Et de verser l'espoir au cœur qui prie et croit.
Ne laisse pas la force, ô Dieu ! primer le droit.
Las ! de nos passions le flot noir se déchaîne,
La France, pauvre France, est esclave ; elle traîne
Le boulet prussien et le joug des partis.
Relève donc ton front, France de saint Louis,
Ne laisse plus traîner ta couronne de reine
Dans la boue et le sang. France, relève-toi,
Fais jaillir de ton sein l'espérance et la foi ;
Reviens au Christ, reprends ton haut rang dans l'histoire,
Ta valeur d'autrefois, ta probité, ta gloire.

. . . . . . . . . . . . . . . . . . . . . .

La France est à genoux ; elle prie. O Seigneur,
Déchire l'ombre et fais apparaître un sauveur.

# EN LISANT LE MANIFESTE

## DU COMTE DE CHAMBORD.

Royalistes, debout ! Debout la vieille France,
Toi qui gardes toujours avec l'antique foi
La probité, l'honneur, et qui, sans défaillance,
Tiens ferme dans ta main le drapeau blanc du roi.

Rangeons-nous tous autour de la blanche oriflamme,
Ombrageons notre front de ses plis glorieux ;
Que ce cri : Saint-Denis, Montjoie et Notre-Dame,
Soit encor parmi nous le cri victorieux.

Pour conserver intact le sceptre d'Henri IV,
Sachons nous rallier dans une même foi ;
Mes amis, un échec pourrait-il nous abattre ?
Non, en avant, toujours en avant, pour le Roi.

L'heure appartient à Dieu ; Dieu veille sur la France :
Notre cause est la sienne, elle ne peut périr ;
Nous ne périrons pas : l'étoile d'espérance,
Royalistes, toujours éclaire l'avenir ;

Elle brille à nos yeux plus sereine et plus belle.
Notre prince a parlé : ne le discutons pas ;
Il sait bien mieux que nous conduire sa nacelle,
Le Seigneur le protége, il dirige son pas.

N'ayons qu'un cri d'amour pour l'héritier de France,
Pour le gardien loyal de notre vieil honneur,
Pour celui qui jamais n'atteindra la puissance
En foulant à ses pieds son blanc drapeau vainqueur.

Le vieux drapeau français, messieurs, c'est l'héritage,
L'héritage sacré d'un noble et saint martyr.
Sous le blanc étendard, le roi toujours ombrage
Ses fidèles aimés qui ne peuvent faillir.

## SIRE, N'ABDIQUEZ PAS !

---

Sire, n'abdiquez pas ! Pour relever la France,
Pour la remettre au rang des grandes nations,
Pour faire un seul parti des mille fractions
Se disputant, hélas, l'orgueil de la puissance,

Il fautvotre parole, il faut votre concours ;
Il nous faut du passé le loyal mandataire,
Il nous faut votre nom, votre grand caractère,
L'honnêteté connue de chacun de vos jours.

Sire, n'abdiquez pas. La France, qui chancelle,
A besoin pour marcher d'un appui protecteur ;
        Sa voix vous nomme, vous appelle,
Vous êtes à ses yeux son vrai libérateur.

Sire, n'abdiquez pas. Écoutez, l'heure sonne...
Bientôt vous reprendrez parmi nous votre rang,
Et cela sans avoir traîné votre couronne
        Et dans l'ordure et dans le sang.

## AUTREFOIS — MAINTENANT.

———

A cet âge où le cœur, fleur toute printanière,
  S'ouvre aux rayons du jour,
Je vous aimais déjà ; vous étiez sur la terre
  Mon pur et saint amour.

Oui, prince bien-aimé, ma petite âme, encore
  Sans nul discernement,
Sut mettre à vos genoux, à peine à son aurore,
  Son jeune dévouement.

De votre grand portrait, j'aimais le doux sourire
  Présidant à mes jeux.
C'est bien, ma douce enfant, sembliez-vous me redire
  En me suivant des yeux.

Et moi (combien naïve et crédule est l'enfance),
  Que de fois, Monseigneur,
Je vins vous confier, douce ressouvenance,
  Les secrets de mon cœur.

Doucement, bas, tout bas, oui, ma lèvre enfantine
  A vous se confiait.
Et votre doux regard sur la pauvre orpheline
  Saintement se posait.

Le moineau s'envolant de sa cage dorée,
      Faisant couler mes pleurs ;
L'orage dévastant la corolle nacrée
      De mes petites fleurs ;

Ma barquette d'osier avec sa blanche voile
      Sombrant dans le lac bleu ;
Le nuage tout noir cachant la douce étoile,
      Ce souris du bon Dieu.

Je vous redisais tout d'une voix attendrie,
      Mes déboires d'enfant,
Mes songes, quand du soir tombait sur la prairie
      Le voile transparent.

Plus tard, quand la raison s'éveilla pour m'apprendre
      Les secrets du moment,
J'eus pour vous, Monseigneur, qu'alors je pus compren-
      Un plus grand dévouement.      [dre,]

Oui, sire, quand vingt ans, comme un oiseau qui vole,
      Vint effleurer mon cœur,
Déposant son baiser, mettant une auréole
      A mon front tout rêveur,

Je jurai de porter votre blanche bannière,
      Le drapeau d'autrefois,
Et de ne pas laisser traîner dans la poussière
      L'étendard de nos rois.

Ce serment, que j'ai fait dans un touchant délire,
      Je le répète encor.

Salut au drapeau blanc ! Chambord, à vous ma lyre,
Ma lyre aux cordes d'or !

Oui, je la défendrai, la vaillante oriflamme
De nos siècles de foi,
Et plus d'un t'écoutant, ô lyre de mon âme,
Se souviendra du Roi.

Vierge de Vaucouleurs, quand tu sauvas la France
En combattant l'Anglais,
Et toi, le roi des preux, toi, héros de vaillance,
Henri le Béarnais,

C'était le drapeau blanc qui guidait dans l'arène
Vos pas victorieux ;
C'est ce noble drapeau, France, qui te fit reine
Au sceptre glorieux.

Reprenons-le, Français, il conduit à la gloire ;
Ce drapeau vengera
Les drapeaux malheureux, drapeaux que la Victoire
Hier nous déroba.

Berlin, en entendant le cri de Notre-Dame,
Verra ses étendards,
Ses étendards vaincus fuir devant l'oriflamme
Que portait Jeanne d'Arc.

Ce drapeau nous rendra notre splendeur première ;
Les sublimes ardeurs
Des héros des vieux jours, de Jeanne la guerrière
Passeront dans nos cœurs.

## JANVIER 1874.

Ayant au fond du cœur l'amour puissant, immense,
De mon pays; pleurant sur cette pauvre France
     Livrée aux partis irrités,
Je voudrais, pour te rendre à ta splendeur, ô Mère,
Voir surgir de ton sein le germe salutaire
Étouffant le serpent de nos rivalités.

Ce louable désir vit profond et tenace,
Sans jamais se lasser; mais toujours face à face,
     Mon penser sonde les partis,
Cherchant celui qui peut (douce et sainte espérance)
Relever notre honneur, et de la décadence
     Sauver, hélas ! mon beau pays.

Le seul parti, Français, ayant le droit pour force,
Le Seigneur pour appui, dont la loyauté force
     Ses ennemis à l'admirer,
N'est-ce pas de mon Roi la cause sainte et belle
La légitimité, ce principe fidèle,
Sans lequel tout esprit est prompt à s'égarer.

La légitimité ! L'on berça mon enfance
De ses chants les plus doux. Avec le nom de France,
    Henri fut le cri de mon cœur.
Pour l'exilé mon cœur rendit plus d'une plainte ;
De ne pas le voir roi, je n'avais nulle crainte,
Il nous viendra, disais-je ; il est bon, le Seigneur.

Mon enfance est bien loin ; toujours, toujours fidèle,
J'aime Bourbon. Son cœur conserve l'étincelle,
    Français, de notre vieil honneur ;
Il porte dans les plis de sa toge royale
Ce parfum de vertu qui vers le Ciel s'exhale
    Et qui marque l'oint du Seigneur.

J'aime de son drapeau la robe immaculée ;
Nul ne se vantera d'avoir, dans la mêlée,
    Glané l'un de ces vieux drapeaux ;
Des bords de notre Europe aux forêts d'Amérique,
Nul ennemi vainqueur, de son regard oblique,
D'un drapeau blanc jamais ne souille les lambeaux.

Sans fouler de mon pied la gloire impériale,
Voyez le tricolore. Hélas ! Moscou l'étale
    Dans les salles de son Kremlin ;
Et depuis nos revers la victoire sanglante
L'a cloué par milliers d'une main outrageante
    Au frontispice de Berlin.

J'aime le drapeau blanc : il réveille en mon âme
De touchants souvenirs ; il m'inspire, il m'enflamme,
    C'est le drapeau jadis vainqueur,

Celui que nos aïeux, sur le bout d'une lance,
Portaient en repoussant, pleins d'ardeur, de vaillance,
Tout conquérant brutal, tout lâche envahisseur.

Offrir le tricolore à l'héritier de France !
Il ne déroge pas, Français, à sa naissance.
 Bleu, rouge et blanc, drapeau fatal !
De Louis XVI, hélas ! il vit la mort tragique ;
Il flottait au-dessus de la prison inique
 Où se mourait l'Enfant royal.

Comme un point qui grandit déchirant le nuage,
La légitimité découvre son visage,
 Loyalement, sans nuls détours ;
Voyez son Chef auguste, admirez son langage,
Des ombres du présent son front pur se dégage,
Son nom répand sur nous tout l'éclat des beaux jours.

Nous rendre la splendeur d'une ère glorieuse,
Voilà tout son désir. D'une âme généreuse
 N'est-ce pas le rayonnement ?
De notre siècle il est la plus grande figure ;
Voyez-le, dans l'exil, attendant sans murmure
 L'heure de son avénement !

J'ai suivi chaque jour ce prince dans sa route ;
Avec lui s'est enfui l'épouvante, le doute,
 Le calme est rentré dans mon cœur.
J'ai compris que la France avait là, devant elle,
L'homme loyal et fort, au principe fidèle,
Ne sachant que deux mots : le devoir et l'honneur.

Mais sachant oublier, on pardonne à l'injure,
A tous tendant sa main, sa main loyale et pure
     De tout trafic sale ou honteux,
De la paix nous versant le suave dictame,
Amenant avec lui le progrès, de sa flamme
     Éclairant nos chemins boueux.

Car Henri de Chambord est tout intelligence,
Si tu veux désormais redevenir la France,
La grande France d'autrefois,
O mon pays ! il faut (ah ! puisses-tu me croire,)
Rejoindre à ton présent ton passé plein de gloire,
Et du Dieu tout-puissant ouïr encore la voix.

C'est ma conviction grande, forte, puissante,
Que ma patrie en deuil et presque agonisante
     Va bientôt relever son front ;
Qu'elle se lavera d'un jour de défaillance.
Désormais probité, religion, vaillance,
     Sortiront de son sein fécond.

Je la vois essuyant ses yeux, pauvre insultée,
Reprenant son haut rang, et sa force indomptée
     Étonnant chaque nation.
Par ses actes remplis d'une ardeur magnanime,
Sur son trône plaçant son Prince légitime,
De la France et du Christ dévoué champion.

Non, ce n'est pas l'ardeur d'un parti qui m'enflamme,
O mon Roi. Mon pays avant tout. Oui, mon âme
     Est toute à sa prospérité.

Dans ton règne je vois force, grandeur, puissance,
Voilà pourquoi, mon Prince, aimant ma belle France,
    J'aime de cœur ta royauté.

Oui, pour nous préserver, Français, de l'anarchie,
Si l'on veut ramener ta force, ô monarchie,
    La ramener loyalement,
Je ne vois devant nous qu'un seul prince qui puisse,
Représentant le droit, la bonté, la justice,
Sauver la France, hélas ! d'un naufrage imminent ;

C'est Chambord, l'héritier de cette grande race,
Qui nous donna, Français, la Lorraine et l'Alsace.
    Chambord, notre prince royal,
Lui qui n'achète pas le sceptre d'un royaume,
Qui n'intrigue jamais, avant tout honnête homme,
Toujours franc, vertueux, loyal.

Oui, nous pouvons toujours compter sur sa franchise,
Son front ne ceindra pas lâchement, par surprise,
    La couronne de ses aïeux.
L'amour seul du pays et le pousse et l'anime,
L'ambition n'est rien pour cet homme sublime,
Pour ce cœur digne et fier, dévoué, généreux.

Et cependant guidé par la main tutélaire
De Dieu, par celle encor de Jeanne la guerrière,
    Français, il s'avance vers nous.
Il s'avance ; avec lui, ton fantôme, anarchie,
Dans l'ombre disparaît : la France est affranchie,
    Et le bonheur renaît pour tous.

L'heure fut lente, hélas ! à sonner... Mais la France
Fut bien coupable un jour ; il fallait la souffrance
      Pour la laver de son forfait ;
Il fallait désarmer ton courroux, ô Justice...
Le pardon vient à nous, le ciel devient propice,
Sur le noir horizon l'arc-en-ciel reparaît.

France, réjouis-toi. Le ciel vengeur du crime
Pardonne. Pour toujours il referme l'abîme
      Si longtemps ouvert sous tes pas.
Pour nous, Chambord, soyez notre douce espérance,
Vous deviendrez bientôt le sauveur de la France,
      Votre étoile brille là-bas.

## AUX JEUNES HÉROS DE CASTELFIDARDO.

Quand vous tombiez, hélas ! pour une cause sainte,
    Aux champs de Castelfidardo,
J'entendis dans mon cœur retentir une plainte,
    Un glas de mort, un sombre écho.

J'aurais voulu jeter mes parures légères
    Aux bords fleuris de mon chemin,
Endosser l'uniforme et mourir, pauvres frères,
    Ma main d'enfant dans votre main.

Bien souvent je quittais les rangs de mes compagnes
    Pour aller pleurer à l'écart,
Que m'importaient les bruits de nos vertes campagnes,
    Les fleurs s'offrant à mon regard,

Le doux gazouillement de l'oiseau du bocage ?
    En deuil était mon jeune cœur.
Bien longtemps j'eus, hélas ! empreint sur mon visage
    Le noir cachet de la douleur.

Aujourd'hui, les transports de mon âme en délire
    Volent vers ces preux de vingt ans,
Et je laisse mes pleurs couler sur eux, ma lyre
    Pousser de sourds gémissements.

C'est qu'il est un beau nom qui saintement ranime
    Cette tristesse d'autrefois,
C'est votre nom, Chambord, ô prince magnanime,
    Le plus aimé de tous les rois.

Quand ils mouraient là-bas frappés par la mitraille,
    Ces pauvres enfants, nobles cœurs,
Vous les suiviez des yeux sur le champ de bataille,
    Et de vos yeux tombaient des pleurs.

Ces larmes, fleurs du ciel, dans mon âme enfantine
    Je les recueillis, Monseigneur,
Le Seigneur en a fait, laissant tomber l'épine,
    De blanches roses pour mon cœur.

# LE PASSÉ.

Je me disais : Restons dans l'ombre et le silence,
  Une femme toujours
Doit dérober à tous sa modeste existence
  Et la paix de ses jours.


Mais aujourd'hui, j'entends retentir dans mon âme
  Une sublime voix,
J'obéis et je chante, et mon délire enflamme
  Le vieux peuple gaulois.


Le passé : c'est la France avec sa vieille gloire,
  Avec ses fleurs de lys ;
C'est l'immortel crayon burinant dans l'histoire
  Les jours évanouis ;


C'est le christianisme élevant dans notre âme
  Un temple au créateur,
Mettant son dévouement et sa divine flamme
  Au fond de notre cœur.

C'est Clovis inclinant sous les eaux du baptême
    Son front humilié,
Brûlant ses dieux de bois et par un vœu suprême
    De l'enfer délié ;


Charlemagne, mettant dans les mains de la France
    Un sceptre impérial,
Et le brave Roland avec sa bonne lance,
    Avec sa Durandal ;


Saint Louis s'asseyant sous l'arbre de Vincenne,
    Pour rendre avec son cœur
La justice à chacun, sans faveur et sans haine,
    Comme le doux Sauveur.


Henri IV, ce prince et sans morgue et sans gêne,
    Se mêlant sans façon
A son peuple, avec lui choquant sa coupe pleine
    De vin de Jurançon.


Louis le quatorzième avec ses grands poètes,
    Ses guerriers valeureux,
Louis le Roi-Soleil, dont les fières conquêtes
    Éblouissaient les yeux.


Louis XVI frappé par l'hydre populaire,
    Louis, le saint martyr,
Et cet enfant royal qu'un peuple sanguinaire
    Dans l'ombre fait mourir.

Oui, je les défendrai du cœur et de la plume,
  Les beaux jours d'autrefois,
De tout mensonge vil, de toute sale écume
  Je laverai nos rois.


Une plume, Français, c'est une arme qui frappe,
  Une arme qui défend,
Sur son acier poli le dogue qui vous happe
  Vient y briser sa dent.


Sans insulte ni fiel, sans vengeance, sans haine,
  Conduite par mon cœur,
Elle saura toujours combattre dans l'arène
  Tout propos d'insulteur.

. . . . . . . . . . . . . . . . . . .

Va, jeune France, cours insulter ton histoire,
Foule à tes pieds l'honneur d'un pays malheureux ;
Le jour viendra bientôt où ton présent sans gloire
S'inclinera devant ton passé glorieux.


Ce jour, je le prédis, il est proche, il arrive...
Mon luth le chantera, ce jour trois fois heureux !
France, ton frêle esquif est tout près de la rive,
Ne craint plus les vents orageux.


Oui les cieux sont pour nous, les cieux nous sont propices;
Dans l'avenir soyons désormais confiants.
Dieu va tout déjouer, les plus noirs artifices
  Et tous les complots des méchants.

Dieu, sur notre passé, jette un œil tutélaire ;
Le présent l'épouvante, il cède à sa bonté,
Et pour nous délivrer du lion sanguinaire
    Relève enfin la Royauté.


La France, cet objet de pitié, de colère,
Redeviendra la grande et sainte nation ;
Le peuple dans son roi retrouvera son père,
    Et le droit sa libre action.


Chambord, marche toujours, guidé par la justice ;
Si le présent te fuit, l'avenir est à toi,
Il porte rayonnants à son haut frontispice
    Ces mots écrits : Tu seras roi !

## DEVANT LA GROTTE DE LOURDES.

———

8 septembre 1873.

La voilà devant moi, cette image chérie,
Voilà la roche sainte où son pied se posa.
Que n'ai-je pour chanter tes bontés, ô Marie !
    Ton doux talent, Cimarosa !

Pour retracer les traits de la Vierge divine,
Que n'ai-je ton pinceau, suave Raphaël !
Tout haut pour l'exalter, que n'ai-je, ô Lamartine !
    Ta lyre d'or, présent du Ciel.

Ne sachant que prier, les mains jointes je prie
Pour vous tous, ô pécheurs ! qui vivez sans la foi,
Pour le Pontife saint, pour ma pauvre patrie,
    Et pour vous, ô Chambord, mon roi !

# AU GÉNÉRAL DE CHARETTE.

Oui, dans ce siècle où tous ne vivent que pour eux,
Il est doux pour le cœur, il est doux pour les yeux
D'arrêter son penser sur vous, ô de Charette !
L'esprit s'y rafraîchit et l'âme saintement
      S'y berce doucement.
C'est un bruit d'ailes d'or que comprend le poète.

Sous le souffle divin de tout grand dévouement
Votre âme s'ouvre ; ainsi s'entr'ouvre doucement
Sous les baisers du jour une blanche corolle.
Le bien, le vrai, le beau remplissent votre cœur ;
      Sur votre front, l'honneur
Imprime le reflet d'une sainte auréole.

Du devoir vous suivez toujours le droit chemin,
Loyal est votre pied, loyale est votre main.
Votre amour pour le Roi, votre amour pour la France
Vous mettent parmi nous toujours au premier rang,
      Et nous savons que votre sang
T'arrosa bien souvent, belle fleur de vaillance.

Des Bretons, ces vaillants, ces glorieux soldats,
Honneur du nom français, lions dans les combats,
Vous êtes et serez toujours la grande gloire;
Votre nom remplira les fastes du pays.
      Pour le louer, tous les partis
Noblement s'uniront dans le champ de l'histoire.

Ici-bas notre pied suit des sentiers divers,
L'un va droit devant lui, l'autre prend à travers
Des détours ténébreux, où l'âme s'étiole.
Aux uns la voix céleste et la manne du Ciel,
      Et le doux baiser d'Uriel ;
Aux autres les ardeurs d'une impudique idole.

Heureux qui, comme vous, traverse nos sentiers,
Sans effleurer du pied l'épine des halliers,
Dont le cœur pur et doux est l'encens qui parfume,
Qui marche le regard tourné vers le Thabor,
      Qui voit Dieu sous son voile d'or,
Et qui de son amour lentement se consume.

                     Février 1874.

L'âme parfois renferme un sentiment intime,
Un désir, aile blanche où se berce le cœur ;
Parfois un doux rayon sur l'homme qui chemine
      Répand sa sereine lueur.

Désir et sentiment, étoile blanche et douce,
J'ai cela dans ma vie et cela dans le fond
De mon cœur, éclairant mon sentier plein de mousse
      Et le bord de mon ciel profond.

Le rayon, c'est l'Église. Elle est mon phare et guide
Mon pas en cette vie, où l'on sombre parfois ;
Elle est ma force, Elle est mon rempart, mon égide,
     J'obéis à sa douce voix.

Le désir sur lequel toujours mon cœur se berce,
O France ! c'est de voir ton horizon brumeux
S'éclairer, comme au ciel le rayon d'or qui perce
     De longs nuages ténébreux.

Et le pur sentiment qui saintement rayonne
Dans mon âme, ô Chambord ! c'est mon amour pour toi :
Pour mon front de poète il tresse une couronne,
     Je la dépose aux pieds du Roi.

# Est-ce un rêve, Seigneur?

Est-ce un rêve, Seigneur? Est-ce la vérité ?
Est-ce trouble des sens, folie, erreur, mirage ?
De Jeanne la guerrière ai-je vu le visage,
Ses traits éblouissants de sublime beauté ?

Ai-je entendu sa voix me parler à l'oreille,
Comme un chant séraphique aux notes de cristal,
Sa voix prophétisant : du doux pays natal,
M'a-t-elle dit tout bas, je suis l'ange qui veille.

Si vos crimes nombreux, plus nombreux que les flots
Que le sein de la mer soulève en sa furie,
N'ont pas frappé de mort la France, ma patrie,
La France en butte, hélas ! à tant de noirs complots,

C'est que mon bras, toujours tenant son oriflamme,
Se soulève à demi quand le ciel veut frapper ;
C'est que le noir serpent sous mon pied vient ramper
Quand je jette ce cri : Montjoie et Notre-Dame !

C'est que le sang du roi qui tomba sous vos coups
Réclame le pardon et jamais la vengeance ;

C'est que l'ange béni de la sainte Espérance,
Les mains jointes, priant, intercède pour vous.

La Pucelle inclina vers sa blanche bannière
Son front humilié. La France l'insulta,
Le drapeau que ma main avec gloire porta,
(J'apercevais des pleurs aux yeux de la guerrière).

Elle l'a renié, le drapeau des vieux jours.
Avec lui, mon pays perdant ma souvenance,
Ne fut plus ma loyale et grande et belle France,
Au saint enthousiasme, aux sublimes amours.

Ce fut la courtisane offrant sa chair bleuie
Aux baisers de la foule avinée, au cœur bas,
De la foule qui mord et frappe, et dont le bras
Ne traîne que le char de la sanglante orgie.

Son pied frappa le sol, tout son corps frissonna,
Le pourpre de la honte envahit sa joue pâle.
Je vois vos champs foulés par la noire cavale
Que le démon du mal du pied éperonna.

Vaincus, vos fronts courbés sillonnent la poussière,
Vaincu, toi peuple franc, vous les fils des Gaulois,
Vos veines n'ont donc plus du vieux sang d'autrefois,
Lorsque la France était la nation guerrière ?

Son œil devint sévère, et, se penchant vers moi,
Vous dormez donc, Français ? vous dormez, me dit-elle,
Si je ne savais pas notre France immortelle,
Vous me feriez trembler et de crainte et d'effroi !

Quoi ! pendant quarante ans loin des marches d'un trône

Que ses pères jadis firent puissant et fort,
Vous laissez dans l'exil votre roi, lui, Chambord.
Pour quel plus noble front gardez-vous la couronne ?

Vos malheurs, plus profonds que le vaste océan,
Ne peuvent donc ouvrir vos yeux à la lumière?
France, ombrage ton front de ma sainte bannière,
Reprends ton vieux drapeau des champs de Marignan.

Je reviendrai combattre au milieu de tes braves,
Je mettrai dans les cœurs des femmes, des enfants,
L'enthousiasme saint des forts et des vaillants,
Et ma main brisera le fer de tes entraves.

Tandis qu'elle parlait, une lueur soudain
Vint éclairer son front, rayon plus doux encore
Que l'étoile des nuits ou qu'un lever d'aurore,
Et la Vierge reprit en étendant la main :

Du puissant Éternel l'âme s'est attendrie,
Les crimes des méchants sont lavés par les pleurs
Des justes et des bons. Ainsi, dans la prairie,
L'eau qui tombe du ciel fait éclore des fleurs.

Elle dit, et laissant un instant sur la terre
Traîner les plis nombreux de sa tunique d'or,
Vers les cieux elle prit doucement son essor ;
Comme une étoile d'or rayonnait sa bannière.

Est-ce un rêve, Seigneur ? est-ce la vérité ?
Est-ce trouble des sens, folie, erreur, mirage ?
De Jeanne la guerrière ai-je vu le visage,
Ses traits éblouissants de sublime beauté ?

# CHRÉTIENS ET ROYALISTES,

## SONNET.

Croix d'or sur lys d'argent, voilà notre écusson,
Je l'étale et de nul ne crains d'être honnie ;
Dieu ne permettra pas que mon âme renie
Ce titre, qui vaut plus que l'or d'une rançon.

Que le rire moqueur, qui donne le frisson,
N'altère point l'éclat de sa couleur bénie ,
Mettons tout notre orgueil, mettons notre génie
A le mettre à couvert de tout sale soupçon.

Tenons-le ferme et haut, et Dieu fera le reste.
Dieu, voilà notre appui, notre rayon céleste,
Ne nous éloignons pas de sa douce clarté.

Il saura mieux que nous, dans sa toute-puissance,
Sauver des flots amers le vaisseau de la France.
N'est-il pas, Lui, le roi de l'immortalité ?

## SI LE PEUPLE SAVAIT !

Si le peuple savait, ô mon prince ! ô mon Roi !
De quel immense amour ta belle âme est remplie,
Il n'irait pas, hélas ! niant dans sa folie,
Que ton principe est saint et que le droit c'est toi.

Il n'éloignerait plus de ses yeux la lumière,
Il te voudrait pour chef, pour guide, pour appui,
Il se dirait ; Vraiment, le bien, le vrai, c'est lui ;
Il t'ouvrirait son cœur, son âme toute entière.

Mais le peuple est semblable à la mer en courroux :
Il marche obéissant à la main qui le pousse,
Il touche, insoucieux, l'écueil qui l'éclabousse,
Il s'agite, ignorant d'où lui vient le remous.

D'où te vient le remous, d'où te vient la tempête,
Pauvre peuple poussé vers l'abîme fatal ?
Du traître ambitieux qui veut un piédestal,
Pour, de là, du pouvoir escalader le faîte.

Si le peuple savait, noble Henri de Chambord,
Que ton âme est ouverte à tout rêve sublime,
Que du progrès toujours ton pied touche la cime,
Il courberait son front devant toi, sans effort,

Pauvre peuple ! Ton nom, ce gage d'espérance,
Passe comme un frisson dans son esprit obscur ;
Au lieu de voir ton ciel, où rayonne l'azur,
Il s'obstine dans l'ombre, et l'ombre perd la France.

Pauvre peuple égaré par tant d'ambitieux !
Que ne puis-je sur lui répandre la lumière ;
Dissiper de mon doigt toute erreur mensongère
Et lui montrer au loin l'avenir radieux !...

Que ne puis-je en tout cœur verser l'amour sublime
Qui déborde du mien. Amour, tout dévouement,
Fleur éclose, Chambord, dans le recueillement,
Luth qui vibre toujours, car ton esprit l'anime.

Si le peuple pouvait, comme dans un jardin,
Effeuiller ta pensée aussi bien qu'une rose,
Il verrait que sur lui ton doux regard se pose,
Et non pas ton mépris, et non pas ton dédain.

Il te verrait n'ayant qu'un seul désir dans l'âme :
Nous rendre le bonheur, le calme des beaux jours,
L'honneur des vieux Français, leurs sublimes amours,
En nous rendant ta blanche et joyeuse oriflamme.

O sainte vérité ! toi qui charmes le cœur,
Que n'ai-je ta vertu pour le faire connaître,     [maître,]
Pour faire aimer Chambord, mon doux prince, mon
Celui dont tous devraient admirer la grandeur ?

O sire bien-aimé ! toi que depuis l'enfance
J'attends, priant le Ciel pour ta prospérité,
Daigne accepter du fond de son obscurité
Ce chant, écho d'un cœur que berce l'espérance.

## Je sors des rangs du peuple.

———

Je sors des rangs du peuple et je n'ai dans mon âme
Qu'un seul désir, le peuple heureux,
Je voudrais dans son cœur mettre une sainte flamme
Et de ma main ouvrir ses yeux.

Je voudrais lui tracer une route fleurie,
Qui seule conduit au bonheur,
Le mettre en garde, hélas ! contre la flatterie
De l'ambitieux corrupteur.

A mes frères des champs, que je vois dès l'aurore
Bêchant la terre, leurs amours,
Je leur répèterais que le travail honore
Et rend libre, libre toujours ;

Qu'il faut se confier à la haute clémence
D'un prince généreux, mais fort,
Mettant ses intérêts après ceux de la France,
Comme fait Henri de Chambord.

Le loyal descendant du brave Henri IV,
    De ce prince au cœur chaleureux,
Sachant boire, chanter et vaillamment se battre,
    Tout en rendant son peuple heureux.


Au plus digne, au meilleur décernons la couronne,
    Bourbon mérite ce joyau,
Lui qui n'échange pas pour tout l'éclat d'un trône
    Et son principe et son drapeau.


Dans ce siècle où l'argent et la vaine puissance
    Sont les lares de notre cœur,
Merci, Chambord, mon roi, de parler à la France
    Ce fier langage de l'honneur.


.  .  .  .  .  .  .  .  —  .  .  .  .  .  .


Le peuple, entendez-le, il s'éveille, il se lève,
    Aux échos il jette sa voix ;
Il remet au fourreau la lame de ce glaive,
    Décapitant femmes et rois.


Il se révolte enfin contre cette canaille,
    Se titrant du nom peuple-roi,
Se vautrant dans le sang, foule qui boit et braille,
    Niant Dieu sans crainte ni loi.


Il dit que plus longtemps il ne peut, dans la fange,
    Laisser traîner le nom français ;
Que dans toute bagarre il joue un rôle étrange,
    Celui d'un sot et d'un niais.

Le vrai peuple comprend que, dans la guerre aux places,
    Il est toujours le piédestal ;
Que c'est lui qui fournit aux appétits voraces
    Le grand festin, le grand régal ;

Qu'il doit débarrasser sa puissante crinière
    De ces tigres, buveurs de sang,
Sachant rester toujours prudemment en arrière,
    Au moindre bruit rompant le rang.

Et que, de ce bonheur vanté par des séides,
    Hélas ! il n'a vu de ses yeux
Que la tache de sang des sombres régicides
    Et le fond de l'égout boueux.

## AUX FUSIONNISTES.

———

Si nous suivions, Messieurs, cet exemple sublime
De nos chefs se liguant pour sauver le pays,
Nous verrions aussitôt se refermer l'abîme.
Pourquoi nous désunir et former deux partis ?

Unissons-nous : N'ayons qu'un cœur, n'ayons qu'une âme,
De nos forces, Messieurs, faisons un seul faisceau,
Que l'amour du pays nous guide, nous enflamme,
N'ayons qu'un seul honneur, n'ayons qu'un seul drapeau !

Ayons le même but et la même espérance,
Le péril est certain, le danger imminent ;
Si Henri de Chambord est le vrai roi de France,
Le comte de Paris est son fils maintenant.

Amoindrir le premier, détruire son principe,
Anéantir son droit auguste et souverain,
Au petit-fils, Messieurs, du roi Louis-Philippe,
Du trône pour jamais c'est fermer le chemin.

C'est tracer un sentier à l'Empire qui guette,
Et qui profitera des fautes de nous tous ;
C'est le rendre plus fort, lui préparer le faîte ;
C'est tirer des marrons que l'on croque pour nous ;

C'est creuser une tombe à cette pauvre France,
Qu'Henri IV le preux fit grande comme lui ;
C'est descendre ta pente, ô sombre décadence !
Rouler vers le chaos, faute, hélas ! d'un appui ;

C'est voir le drapeau rouge, infernale oriflamme,
Signe fatal de mort, flotter, flotter vainqueur,
La vertu reculer devant le vice infâme,
Le pays tout entier courir au déshonneur ;

C'est devant l'avenir, juge intègre et sévère,
Se flétrir pour jamais, mériter ses dédains ;
C'est te voir mutilée, ô ma France ! ô ma mère !
        Et se croiser les mains.

## AUX MÊMES.

Obéissance aux chefs. Dévoués royalistes,
Et vous, parti nombreux et fort, orléanistes,
Ne faites plus qu'une âme. Oh ! ne faites qu'un cœur.
Vous serez tout-puissants, unis comme des frères ;
Mais désunis, je vois entr'ouvert tes cratères,
      Volcan dont le peuple est chauffeur.

Je vois la sociale ayant sur des ruines
Ses pieds noirs et velus. Au fond, les guillotines
Travaillent nuit et jour et travaillent sur nous.
La Commune reprend sa tâche redoutable ;
L'homme plein de vertu, la femme irréprochable
      Tombent victimes de ses coups.

L'hydre du mal nous broie en sa forte mâchoire,
Saturnales, horreurs de l'ancien Directoire,
Auprès de ces fléaux ne sont que jeux d'enfant.
La barbarie humaine est sur nous déchaînée,
L'œil découvre partout la puissante traînée
      De ces monstres buveurs de sang ;

De ces monstres sortant des entrailles fumantes
De la foule avinée, et dont les mains sanglantes
Promènent le brandon des rouges factions ;
De ces monstres humains pleins de fiel, pleins de haine,
Que voit toujours debout, sombres énergumènes,
   L'heure des révolutions.

Quel lugubre tableau ! La France agonisante
Râlant sous leurs genoux. Sur sa chair frémissante,
De ces démons hideux voyez le doigt sanglant...
L'épouvante saisit et fait trembler mon âme.
Le pétrole vainqueur nous lèche de sa flamme ;
   Soyons désunis maintenant.

Non, non, rallions-nous dans une forte étreinte,
Et si notre amitié, las ! Messieurs, n'est point feinte,
Si nous savons unir le passé, le présent,
Prendre à chacun des deux sa vertu, son essence,
Aidant le vrai progrès, nous assiérons la France
   Sur un solide fondement.

En vain le flot maudit battra cette jetée,
L'anarchie en fureur, mais toujours rejetée,
Rentrera d'elle-même en son antre fatal ;
Le droit ne sera plus l'esclave de la force ;
Nous n'aurons pas le doigt pris dans la rude écorce
   De l'arbre venimeux du mal.

Nous qui ne parlons pas de liberté, son aile
S'étendra sur nous tous. Dans son orbe éternelle,
Nous le verrons grandir, cet astre radieux ;

Le prêtre, le penseur, la vertu bienfaitrice,
Le potentat, le pauvre auront, car c'est justice,
    La liberté suivant les Cieux.

Cette fille du Christ, dont le regard céleste
Éclaire l'univers, et qu'un souffle funeste
Veut changer en bacchante, en idole, en catin;
Cette sublime enfant des rives éternelles,
Pour nous protéger tous étendra ses deux ailes
    Au-dessus de tout front humain.

Obéissance aux chefs. Dévoués royalistes,
Et vous parti nombreux et fort, orléanistes,
Ne faites plus qu'une âme; oh ! ne faites qu'un cœur.
Vous serez tout-puissants, unis comme des frères;
Mais, désunis, je voix entr'ouverts les cratères,
    Volcan dont le peuple est chauffeur.

## QUATRE SONNETS SUR LE CENTRE GAUCHE

### DE L'ASSEMBLÉE NATIONALE.

---

### I

Tout homme aimant le bien, le beau, l'honnêteté,
A conquis de tout temps et mon cœur et mon âme ;
Qu'importe sa couleur, son but, son oriflamme,
J'incline devant lui ma douce obscurité.

Je l'admire et comprends : aimant la vérité,
Il la cherche en tout lieu, son être la réclame ;
S'il se trompe parfois, je n'ose de mon blâme
Souiller son front portant ce signe : loyauté.

De ces hommes de bien, au timon de la France,
J'en connais ; mais hélas ! malgré leur éloquence,
Malgré leur bon vouloir, tout marche au désarroi.

Voulant couler en bronze, ils ne font qu'une ébauche
D'argile..... Néanmoins j'aime le centre gauche,
Car il ferait beaucoup s'appuyant sur mon Roi.

## II

L'ambition chez eux est chose secondaire,
Le bonheur de nous tous, voilà leur rêve d'or.
Ils possèdent un bien doux et riche trésor,
L'amour de leur pays, amour profond, austère.

Leur esprit est toujours au-dessus de la terre,
Voilà pourquoi planant dans un brillant essor,
Ils ne voient pas grouillant derrière le décor,
L'envie et son venin, l'orgueil et sa colère :

L'envie affreux reptile au venimeux regard,
Qui se cache dans l'ombre et perce de son dard,
Et que nul pied jamais n'écrase ni ne dompte ;

L'orgueil qui veut monter et qui se fait du mal
Un solide échelon, un puissant piédestal,
Oui, l'orgueil qui du siècle est la lèpre et la honte.

## III

Le rayon qui les guide et dirige leurs pas,
C'est toi fille du Ciel, liberté, blanche étoile,
Ayant vu ton beau front resplendir sans nul voile,
Ils voudraient que tout œil savourât tes appâts.

Que chacun pût te prendre et serrer dans leurs bras,
Ayant ton grand amour dans le cœur et la moelle,

Ils sont tous éblouis. Le brouillard qui te voile,
Et de tes faux amis le baiser de Judas,

Et leurs fauves instincts et leur haine rageuse,
Tout celà ne leur est que d'une âme peureuse,
L'enfantin cauchemar, le trouble et songe creux.

Et pendant ce temps-là, la tourbe populaire
Aiguise sur le roc son poignard sanguinaire ;
Les girondins sont morts, finiront-ils comme eux ?


## IV


Ah ! plutôt puissent-ils sous un roi magnanime,
Ferme, loyal et bon , aimant le vrai progrès,
Voulant la liberté pour tous, mais sans excès,
Que l'amour du pays excite, élève, anime.

Puissent-ils avec lui, d'un concert unanime,
Fondant de bonnes lois, las ! après tant d'échecs,
Voir leur rêve de paix couronné du succès,
Et la France ne plus côtoyer un abîme.

Divin dispensateur de toute vérité,
D'où découle sur nous la sainte autorité,
Dieu prends pitié de nous, Dieu sauve notre France.

Souviens-toi des vieux Francs, des enfants de Clovis,
Du trône très-chrétien, des fils de saint Louis,
Fais rayonner sur nous ta bonté, ta clémence.

## A UN HOMME DU PEUPLE,

A NOTRE AMI JACQUES VIRÉS.

———

Je veux que votre nom soit connu de mon Roi,
Que son cœur un instant s'arrête sur le vôtre;
Vous êtes de sa cause un humble et doux apôtre,
Oui, nul n'a plus d'ardeur, plus d'amour, plus de foi.

Bien souvent mon penser vous suivant dans la vie,
Joyeux et plein d'espoir s'est reposé sur vous,
L'âme rassérénée et le cœur sans courroux,
En vous voyant, je sais pardonner à l'envie.

A tout mensonge inique, à tout manque de foi,
A tout lâche ennemi qui se cache dans l'ombre,
Oui malgré l'horizon d'un présent noir et sombre,
Vous voyant, l'avenir rayonne devant moi.

Comme aux pieds de Jésus ce doux ami de l'âme,
Quand le chrétien ressent le besoin de prier,
Aux pieds du roi jetons notre cœur tout entier;
Que notre voix tout haut l'exalte, le proclame.

Soyons fiers d'être à lui. De ce titre bien doux,
Notre blason d'honneur : chrétiens et royalistes,
Tout noble dévouement, dans ces temps égoïstes,
Est un rayon du Ciel, il resplendit sur vous.

Aimons-le donc Chambord, ce tendre ami, ce père,
Ce qu'il aime le plus, c'est le peuple, c'est nous.
Il n'a qu'un seul désir le bonheur de nous tous,
Plus nous sommes petits, plus nous savons lui plaire.

Soyons, soyons toujours tout pleins de dévouement,
Pour ce roi bien-aimé, notre douce espérance ;
Ceux qui l'aiment, ami, savent aimer la France ;
Rien n'ennoblit le cœur qu'un tel attachement.

## A M. LE DUC DE SABRAN-PONTEVÈS.

Pour y mirer sa fleur au petit corset d'or
Le bleu myosotis cherche l'eau du rivage,
Le gai rossignolet pour jeter son accord
      Cherche un écho sous le feuillage.

Le tout petit enfant pour abriter son cœur
Cherche toujours le cœur de sa mère attentive,
Le poète l'essor de sa muse captive,
      L'éclosion de l'âme en fleur.

Pour égrener sa voix la brise vaporeuse
Cherche le val d'où monte un parfum enivrant,
La colline où serpente et le saule et l'yeuse,
      Où fleurit le myrte odorant.

L'amoureux papillon, flamme d'or qui voltige,
Cherche la fleur qui n'a pour printemps qu'un seul jour,
Afin de lui chanter, balancé sur sa tige,
      La douce chanson de l'amour.

Le flot toujours bercé cherche le sable humide,
Et l'étoile la nuit, et le soleil le jour,
Et la barque légère, à la voile rapide,
      Le vent du soir pour son retour.

Moi, je cherche aussitôt que veut chanter ma lyre,
Un oreille d'ami pour y jeter un son,
Une âme de poète en laquelle je mire,
      Mon âme fleur, brise, rayon.

Du bel ange des vers au regard plein de flamme,
J'entends la douce voix, suave gazouillis,
Prêtez-moi votre oreille, oh ! prêtez-moi votre âme,
    Pour ouïr la chanson du lys :

. . . . . . . . . . . . . . . . . . .

Je fleuris dans les mains de la blanche madone,
J'embaume la prière et les cierges pieux ;
Quand une vierge meurt, on me tressé en couronne
    Pour en parer ses blonds cheveux.

      Pour écusson reprends, ô France !
      Ma tige d'or, ma blanche fleur,
      Signe d'amour et de vaillance,
      Je suis l'emblême de l'honneur.

Parmi les palmes d'or de la gloire éternelle,
S'épanouit ma fleur qui là ne peut flétrir,
Et la sublime voix de la harpe immortelle
    Passe sur moi comme un soupir.

Pour la pauvre âme, hélas ! qui n'a plus de couronne,
Je suis l'ange par Dieu chargé de convertir ;
Ma vue est un remords qui doucement lui donne,
    L'innocence du repentir.

Bien souvent le penseur, dont le pas solitaire
S'égare sous les bois, m'aperçoit blanchissant
Une tombe ; son cœur retrouve la prière
    Qu'il murmurait petit enfant.

Un poète, parfois, au fond d'une vallée,
Parmi des arbres verts caressés du zéphir,
Distinguant la blancheur de ma robe étoilée,
    Fait mille pas pour me cueillir.

Que de fois j'ai versé sur la pelouse verte,
Avec mes doux parfums mille pensers du Ciel;
Que de fois j'ai laissé de ma corolle ouverte
    Tomber le souffle d'Uriel.

Las! jadis j'ombrageais le front de la patrie
Quand elle n'avait pas entaché son honneur,
A l'heure où Louis XIII à la Vierge Marie
    Consacrait son sceptre et son cœur.

Quand Chambord s'éloigna du beau pays de France
Il plaça dans son cœur, symbole d'avenir,
Une branche de lys, doux gage d'espérance,
    Suave fleur du souvenir.

      Pour écusson reprends, ô France!
      Ma tige d'or ma blanche fleur,
      Signe d'amour et de vaillance,
      Je suis l'emblême de l'honneur.

Pauvre lys blanc tombé du royal diadême,
Si le sang de nos cœurs peut faire refleurir
Ta belle tige d'or dans la lutte suprême,
    Nul ne nous verra défaillir.

Bientôt tu comprendras, pauvre France que j'aime,
Pauvre patrie, hélas! livrée au factieux,
Que le lys de l'honneur est le touchant emblême,
    Que sa racine est dans les cieux.

      Pour écusson reprends, ô France!
      Ma tige d'or, ma blanche fleur,
      Signe d'amour et de vaillance,
      Je suis l'emblême de l'honneur,

## DEVANT LA CHAPELLE DE CÉLEYRAN.

————

Quel contraste charmant, tandis qu'aux alentours
Arbres, rosiers, buissons n'ont plus fleurs ni verdure,
L'église garde encor sa robe des beaux jours,
    Son lierre, éternelle parure.

Et mon cœur de poète en murmure ce chant :
Las ! la vie est semblable au feu follet qui brille,
Douces illusions de mon cerveau d'enfant,
    Rêves dorés de jeune fille.

Mirage éblouissant d'un lointain radieux,
Désir, calice d'or d'une âme qui s'entr'ouvre,
Tout cela s'est enfui dans le passé brumeux
    Que l'oubli de son voile couvre.

Seul le penser du Ciel, comme ce vert manteau
De lierre, garde encor sa feuille, et dans mon âme,
Chante l'hymne sans fin d'un séraphique oiseau
    Dont les deux ailes sont la flamme

Sur laquelle toujours j'aime à bercer mon cœur.
Qu'il est doux à travers notre route boueuse,
De goûter en esprit l'ineffable bonheur,
    D'une éternité bienheureuse.

Qu'il est doux de mêler à ce penser du Ciel,
Son pieux dévouement pour une sainte cause,
Et d'être pour le bien qui glane et fait son miel,
    Le calice ouvert d'une rose.

## VIVAT POUR DON CARLOS.

Quelques combats encore et tu seras d'Espagne,
Et le maître et le roi, prince au cœur valeureux,
Digne du béarnais, de tes vaillants aïeux,
Toi qui tiens haut l'épée ainsi que Charlemagne,

Comme un simple soldat tu parcours la montagne,
La carabine au poing. Va, ton front radieux
Porte ce signe écrit : auguste et glorieux,
Et tout cœur noble et grand de son vœu l'accompagne.

Cet homme qui se bat pour sauver son pays,
De l'émeute sanglante et des sombres partis,
Cet homme est un héros digne de sa conquête ;

Il lutte pour reprendre et ressaisir son bien,
Il expose sa vie, et le danger n'est rien
Pour ce rude guerrier, pour ce puissant athlète.

## ROMANCE

sur l'air : *Combien j'ai douce souvenance.*

———

Voyez, l'horizon se colore
D'une suave et sainte aurore.
Oh ! qu'il est beau ce rayon d'or
      Qui dore
Ton front enfin béni du sort,
      Chambord.

Le zéphyr caresse la rose,
Fleur d'amour fraîchement éclose ;
Sur le lys blanc le papillon
      Se pose.
Entendez-vous dans le sillon
      Grillon ?

Le soleil rit dans la ramure,
L'agnelet broute la verdure ;
Au fond du val, le gai ruisseau
      Murmure ;
Le printemps ourle son manteau
      Si beau ;

Son manteau tissé de violettes,
De boutons d'or, de paquerettes.
L'air retentit du chant joyeux
    Des fêtes.
Tout est, sur terre et dans les cieux,
    Heureux.

Vers le trône le Roi s'avance ;
A lui  bonheur, gloire, puissance.
Pour toi ce jour est un beau jour,
    O France !
Entonne l'hymne du retour,
    Amour.

## A M<sup>ME</sup> LA PRINCESSE CLÉMENTINE D'ORLÉANS.

Il est un nom béni de mon cœur de ma lyre,
Que j'aime à répéter, nom suave et touchant,
Qui me berce d'amour, que mon âme soupire,
Et qui passe sur moi comme un céleste chant.

C'est le vôtre, Madame, ô sublime princesse !
Qui ne savez qu'aimer, pardonner et bénir ;
Vous pleine de bonté, d'ineffable tendresse,
Et dont tout cœur français garde le souvenir.

Les voix qu'entend toujours l'oreille du poète
Me disent que de vous nous viendra le bonheur ;
Que vous êtes la noble et touchante interprète
Et des vœux du pays et du cri de l'honneur.

Ah ! savez vous pourquoi, royaliste fidèle,
Sur votre blason d'or je mets la fleur de lys ?
Pourquoi, du fond du cœur, pour la France nouvelle,
Je rêve l'union des fils de saint Louis ;

C'est que mon œil toujours voit votre doux visage
Se pencher sur mon front, m'éclairer, m'éblouir;
Et que je sais qu'un jour c'est par vous que l'orage
Doit, comme un noir fantôme, au loin s'évanouir.

## A M. CHARLES FERLUS.

---

Vous qui nous parlez le langage
Des fleurs, des brises, des oiseaux,
Dans un délicieux ramage
Glané dans le champ des échos,
Vous nous murmurez à l'oreille
Un chant qui tendrement réveille
Le doux souvenir de Chambord.
Et le poète sur sa lyre
Le prend, le chante, le soupire,
L'écho des rives de Froshdorff.

Quand le rayon du jour s'efface
Et que l'étoile luit sur nous,
Cet écho dans mon âme passe,
Je me recueille à deux genoux ;
C'est le regret de la patrie,
Le soupir d'une âme attendrie,
Le touchant appel de mon Roi ;
C'est l'accent de sa voix sublime ;
(Mon luth répond, vibre, s'anime.)
L'écho soupire près de moi.

Hélas ! reverrai-je la France,
Le doux pays tant regretté,
Le doux pays de mon enfance,

Où mon pauvre cœur est resté ?
Reverrai-je mon oriflamme,
Aux noires tours de Notre-Dame
Flotter au gré du vent natal ?
Et les sépulcres solitaires
Où dorment les os de mes pères,
Où veut dormir mon front royal ?

Au beau jardin des Tuileries,
Reverrai-je avant de mourir
Les fuchsias, ces fleurs chéries,
Que mon enfance vit fleurir ?
Levant sa tête virginale,
Reverrai-je ma fleur royale
Sur l'écusson de mon pays ?
Et ma science et ma sagesse
Donner repos, calme, liesse,
Aux hommes de tous les partis ?

Reverrai-je les beaux ombrages
Que j'ai dû quitter pour l'exil,
Où la nymphe des verts feuillages
Redit souvent : Reviendra-t-il ?
Reverrai-je cette demeure (1)
Que toujours mon penser effleure
Et dont le malheur me frustra ?
Demeure, hélas ! jadis prospère,
D'où ma royale et digne mère
Au peuple français me montra ?

---

(1) Le palais des Tuileries, brûlé par la Commune de Paris.

O Saint-Denis ! ô sombre enceinte !
Verrai-je, hélas ! sous tes arceaux,
Au bruit de la prière sainte
Dormir les os de trois tombeaux ?
Vous qui, sur la terre étrangère,
Échangiez ce val de misère
Pour les divins rayonnements,
Ombres plaintives, solitaires,
Tout près des cendres de nos pères
Placerai-je vos ossements ?

Hélas ! l'exil fut mon partage.
Quand donc me direz-vous : Reviens !
Vous aimer fut mon héritage,
Vous l'oubliez ; je me souviens.
Pourquoi toujours me méconnaître ?
Comme Jésus, le divin Maître,
Oui, Français, je vous aime tous.
Votre bonheur, voilà mon rêve ;
Dieu permettra-t-il qu'il s'achève
Auprès de vous, auprès de vous ?

Écoutant cet écho, que la rive étrangère
Jette brisé, plaintif, aux échos de mon cœur,
Je vais le redisant aux échos de la terre,
        A l'étoile, au vent, à la fleur.

Je vais le redisant à toute âme plaintive,
A tout esprit profond qui sonde l'avenir,
A ton esquif, ô France ! hélas à la dérive,
        A l'ange en deuil du souvenir.

# CHRISTOPHE COLOMB,

### SONNET.

―――――

Voyez-vous, ballotté par le vent des Espagnes,
Cet homme dont le front touche presque les cieux :
Ce grand navigateur, génie audacieux,
Le voyez-vous errant au sommet des montagnes ?

Suivant pieds nus, sans pain, le chemin des Cerdagnes,
Le voyez-vous maudit, exilé, malheureux ?
Le voyez-vous enfin, du sort victorieux,
Découvrir l'Amérique aux riantes campagnes ?

O mon Roi ! vous voulez sauver votre pays,
Réunir en un seul tous les nombreux partis ;
Vous le voulez d'esprit, et de cœur et de l'âme.

Comme le grand Colomb, oui, vous vaincrez le sort.
Avec l'aide de Dieu, vous reverrez, Chambord,
Votre drapeau flotter aux tours de Notre-Dame.

# A M<sup>lle</sup> BÉNÉDICTE GUDIN.

Ainsi j'étais lorsque vingt ans
De ses roses voilaient ma tête ;
Lorsque dans mon cœur de poète
Chantaient les voix de mon printemps.

Quand, sur sa tige balancée,
L'âme s'entr'ouvre à son matin,
Ainsi j'allais, sur mon chemin
Jetant les fleurs de ma pensée.

Hier, comme un rêve gracieux,
Tendre et doux comme une caresse,
J'ai cru voir dans votre jeunesse
Un reflet de mon âge heureux,

Enfant, merci d'avoir dans l'âme
Mes rayonnements d'autrefois ;
D'aimer les vers, les chants, les bois,
Et de garder, céleste flamme,

Comme un parfum, comme un accord,
Ton doux amour, ma belle France,
Et la touchante souvenance
Du noble exilé, de Chambord.

De celui que ma douce enfance
Voyait au fond de l'avenir ;
De celui qui va nous venir
Sur l'aile d'or de l'espérance.

# A M. PIERRE LEBRUN

## SONNET.

---

Quand je vois le talent s'éloigner de sa route,
Tourner contre le vrai, l'arme de l'art, du beau,
Éteindre de ses mains la foi ce doux flambeau,
Et ne laisser debout que l'erreur, que le doute.

Dans tout mon cœur je sens s'infiltrer goutte à goutte,
Le fiel de la douleur. Mais devant ce tableau,
Qui rayonne à mes yeux : Henri, son blanc drapeau,
L'ange Michel planant dans la céleste voûte,

Le démon menacé par son glaive de feu,
S'enfuyant, toute en deuil cette fille de Dieu,
L'Église nous montrant Chambord et sa bannière,

L'horrible faction vaincue et dans le bas,
La France qu'Henri V doit sauver de son bras,
De l'artiste chrétien mon âme est toute fière.

## A M. DE SAINT-ALBIN

APRÈS AVOIR LU SON HISTOIRE D'HENRI V.

———————

Non, Dieu n'a pas veillé sur cette grande race,
Étendu sur Chambord son voile protecteur,
Pour que tant de vertu pour que tant de grandeur
Soient comme ces flocons de neige dans l'espace.

Non, Dieu ne peut laisser plus longtemps dans l'exil
Cet homme qui seul doit relever la Patrie,
Faire briller encor sa couronne flétrie,
Redorer son blason, nous sauver du péril.

Il viendra, je le sens, je le vois, je l'espère,
Tout le chante à mon cœur, le droit, la vérité,
Rayonnants sur le fond de notre obscurité,
Je vois briller les jours de son règne prospère.

Je le vois s'avancer, je le vois devant moi.....
Ah! je le savais bien que ma douce espérance,
N'était pas un mensonge et que ton sceptre, ô France,
Serait remis par Dieu, dans les mains de mon roi.

# A M. DE CAZENOVE DE PRADINES

DÉPUTÉ DE LOT-ET-GARONNE.

---

Vous qui prenez l'honneur et pour règle et pour loi,
Vous le premier parmi les amis de mon roi,
Oh! laissez-moi pour vous, sur ma lyre de femme,
Murmurer un accord, du cœur fidèle écho,
Vous pour qui je priais à Castelfidardo,
     Laissez pour vous chanter mon âme,

Non, ce n'est pas en vain qu'Henri vous a nommé,
L'enfant de la maison, l'ami, le bien-aimé,
Votre cœur porte en lui la divine étincelle,
Bienheureux le vaillant qui vole se ranger,
Auprès de vous pour vaincre ou courir au danger,
     Lorsque le devoir vous appelle.

Quand la France, si grande et si fière autrefois,
Vit le Germain fouler le vieux sol des Gaulois,
Dompter la nation jadis chevaleresque,
Si tous s'étaient levés, comme vous plein d'ardeur,
Hélas ! nous n'aurions pas, France, vu ton honneur,
      Souillé par la race Tudesque.

La France ne sait plus ni vaincre ni mourir,
Tout ce qu'un noble cœur peut comprendre et souffrir,
Quand la patrie, aux yeux de tous est avilie,
Votre cœur l'à compris, votre cœur l'à souffert,
En holocauste hélas ! vous vous êtes offert,
      O la grande et sainte folie !

Sublime mutilé, martyr de nos malheurs,
Que n'ai-je comme vous (hélas ! au lieu de pleurs)
Donné mon sang, ma vie à ma France adorée?
· Que n'ai-je au glorieux, au noble champ d'honneur,
Combattu quand hélas ! traînant l'aigle vainqueur,
      L'on vit le Nord à la curée.

Le pays peut un jour oublier votre nom,
(Les plus dignes toujours sont-ils au Panthéon)
Mais tant qu'un noble cœur battra dans notre France,
Tant qu'un poète aura l'enthousiasme saint,
Votre nom par l'oubli ne sera pas atteint,
      Nous en garderons souvenance.

. . . . . . . . . . . . . . .

Mais venons au présent. Laissons le désespoir,
Pour les faibles. Faisons chacun notre devoir,

Demain nous vengera du passé, l'espérance,
Doit à la royauté de marcher le front haut,
Ne faiblissons donc pas, l'heure viendra bientôt,
    Où le roi reverra la France.

Jeanne d'Arc nous protége et Dieu veille sur nous,
L'erreur peut un instant hélas ! changer en fous
Les sages de la veille et semer notre route
De mille et mille écueils, mais l'habile marin
A travers les récifs toujours trouve un chemin
    Comme le chrétien dans le doute.

Ce chemin nous l'avons, vous l'avez devant vous,
Notre roi l'a suivi bien souvent contre tous,
(Ce chemin négligé des brises mensongères)
Suivons-le donc toujours ce fier et droit chemin
Et le droit nous aidant de sa puissante main
A Bourbon nous rendrons le trône de ses pères.

Je ne sais que chanter et prier à genoux ,
Mon murmure se perd au milieu de vous tous,
Comme un doux bruit d'oiseau plein d'inexpérience ;
Mais qu'importe, je veux mêler ma faible voix
A vos luttes, heureux mon luth, si quelquefois
Un cœur s'anime et vibre à mon cri d'espérance.

www.ingramcontent.com/pod-product-compliance
Lightning Source LLC
Chambersburg PA
CBHW060441260626
47161CB00005B/2028